Der junge Verführer: Marquis de Sade
Siebter und letzter Teil

Erika Sanders

Serie
Der junge Verführer: Marquis de Sade Vol. 7

Zusammenfassung

Der junge Verführer: Marquis de Sade ist eine neue Serie, die auf dem Leben und Werk des Marquis de Sade basiert.

Alphonse ist ein junger Aristokrat, der in seiner Jugend die Früchte der Liebe noch nicht gekannt hat, da er seinen Vater so beschützerisch behandelte und ihn nicht erlaubte, die Burgmauern, in denen sie leben, zu verlassen.

Mit der Ankunft eines Onkels, der in Begleitung seiner Kinder das Schloss besucht, um ihren Vater zu sehen, wird sich alles ändern.

Die Cousins, Experten in den Künsten der Liebe, beginnen, ihm alles beizubringen, was verloren gegangen ist ...

Diese Reihe basiert auf der Zusammenstellung und dem Studium anonymer erotischer Schriften aus dem 19. Jahrhundert und ist an die Vision angepasst, die der Autor vom Leben und Werk des Marquis de Sade hat.

Hinweis zum Autorin:

Erika Sanders ist eine international bekannte Schriftstellerin, die in mehr als zwanzig Sprachen übersetzt wurde und ihre erotischsten Schriften abseits ihrer üblichen Prosa mit ihrem Mädchennamen signiert.

Website des Autors:

https://www.instagram.com/erikaasanderss/

Kontakt E-mail:

erikasanders98@gmail.com

Index:

DER JUNGE VERFÜHRER:
MARQUIS DE SADE
SIEBTER TEIL
ERIKA SANDERS

KAPITEL 1

Am Nachmittag des zweiten Tages bereitete ich mich intensiv auf die bevorstehende Veranstaltung vor.

Sie servierten mir ein Abendessen, das so elegant war, dass es Epikur selbst in Versuchung geführt hätte.

Alle Frauen meines Harems saßen am Tisch und ich bediente sie so gut mit hochwertigem Wein, dass niemand außer Aysel nüchtern aufstand.

Als ich uns das Zeichen gab, uns ins Schlafzimmer zurückzuziehen, bewegten sie sich taumelnd wie viele betrunkene Seeleute.

Als wir im Zimmer ankamen, zogen wir uns alle aus und ich nahm Aysel in meine Arme.

Ich trug sie zum Mittelbett und warf sie darauf.

Da ich jedoch befürchtete, dass meine Potenz beeinträchtigt sein könnte, da der afrikanische schwarze Sklave mich neulich Nacht erschöpft hatte, bestellte und trank ich eine Tasse meiner magischen Schokolade, von der ich wusste, dass sie es mir ermöglichen würde, alle beabsichtigten Taten als Eroberer zu vollziehen.

Ich gab den Befehl und alle Mädchen standen um das Bett herum, spielten ihre Instrumente und sangen ein wunderschönes Lied, das ich für diesen Anlass komponiert hatte.

Als alles fertig war, stieg ich auf das Bett, brachte meine Sklavin in die beste Position, schlüpfte zwischen ihre Schenkel und reichte einem der Mädchen eine Peitsche, die in der Nähe des Bettes lag.

Ich schnappte mir meinen Rammbock und kämpfte darum, ihn zu erzwingen.

Der Kopf ist schon drin, das weiche Fleisch gibt meinen heftigen Stößen nach.

Ich gehe hinein, er schreit vor Schmerz, aber ich höre nicht auf.

Es ist Musik in meinen Ohren.

Das sagt mir, dass ich kurz davor bin, den Sitz der Glückseligkeit zu erreichen.

Ich drücke und drücke stärker.

Alles macht mich leidenschaftlicher.

Der Schlag auf mein Gesäß gibt mir doppelte Kraft und ein heftiger Stoß von mir schickt mich an das andere Ende seiner Grotte.

In diesem Moment übergoss ich das zarte und blutende, entjungferte Fleisch meines lieben kleinen Sklaven mit einem Strahl feurigen Spermas, wie noch nie zuvor eine Frau von einem Mann erhalten hatte.

Ich dachte, mein Schwanz und meine Eier würden sich in einem ständigen Strahl perlmuttartiger Flüssigkeit auflösen.

Nachdem ich einen Moment auf seiner Brust geruht hatte, stellte ich fest, dass mein Rammbock für eine weitere Runde bereit war und drückte ihn heftig zurück in Richtung seiner Öffnung.

Bevor sie mich auszog, verschwendete ich dreimal meine Körpermilch an ihr, ohne sie um irgendeinen Gefallen zu bitten.

Sie lag und stöhnte vor Vergnügen und Schmerz, und als ich hinsah, sah ich, dass sie den Eingang zum Vergnügungssitz getroffen und schrecklich verletzt hatte.

Ich hob sie hoch, legte sie in ein warmes Bad und nachdem ich sie abgetrocknet hatte, legte ich sie wieder ins Bett.

Nachdem ich ihm etwas Wein gegeben und selbst etwas getrunken hatte, stellte ich fest, dass ich wieder fit für eine weitere Runde war.

Wie eine Feder stellte ich mich zwischen ihre Schenkel.

Ich habe mich darauf eingelassen, ohne viel harte Arbeit mehr.

Gott der üppigen Liebe, welche Hitze herrschte in ihrem Körper!

Wie köstlich umhüllte sein süßes Fleisch meinen starken Stab!

Ein paar Stöße und ein paar Bewegungen nach innen und außen wecken in ihr ein Gefühl der Lust.

Er kommt auf mich zu und erkennt das Fieber, das mich durchströmt.

Immer schneller stürzt er auf mich zu, um meinen wilden Stößen zu begegnen, während ich mein glitzerndes Ross durch seine Lücke auf die fruchtbare Weide führe.

Sie umarmt mich und wirft ihre schneebedeckten Schenkel um meinen Rücken, wobei das Zurückprallen ihres Hinterns mich aus ihr herauszieht.

Ich habe das Gefühl, dass sie kommt.

Oh mein Gott, sie kommt, sie kommt!

Das Sperma kommt nun in einem Schwall von ihr.

Ich auch, ich komme wieder!

Ein ... Großer Gott ! Das ist zu viel! Ich sterbe! Oh! Oh!

Und dann lassen Sie Ihren Geist in einem sanften, sanften Seufzer los.

Mein Gott, wie üppig, wie köstlich ist die arabische Schönheit! Welche Hitze stößt es aus! Mit welchem Feuer, mit welcher Energie begegnete er all meinen Bemühungen, Freude zu erlangen und zu verschenken! Wie herrlich drückte es mich, als ich darin war! Wie reichlich gab sie die Milch ab, als die Qual der Lust sie überkam!

Wir schwimmen in einem perfekten Meer von völlig unbeschreiblicher Wollust.

Der Mensch kann es sich nicht vorstellen, die Feder kann es nicht beschreiben, es war ein Rausch der Freude: in Qual geschaffenes Vergnügen, unaussprechliche Glückseligkeit, köstlicher als das, was die Huris des Paradieses genießen, wenn sie in den Armen wahrer Muslime oder der Genossen liegen von den Geistern der Champs Elysees.

KAPITEL 2

Ich fühlte mich ein paar Tage lang ziemlich erschöpft , also verzichtete ich darauf, in die Venushöhlen meiner Sklavinnen zurückzukehren, bis ich wieder auf dem Schiff war, um meine geplante Kreuzfahrt auf der Suche nach Liebe und Schönheit in den Klimazonen Amerikas anzutreten Von den leidenschaftlichen Damen Kubas und der Insel Hispaniola erwartete ich die erlesensten Freuden.

Als ich in der Nähe von Bordeaux ankam, befahl ich, die Schifffahrt zu stoppen, um den Seeleuten die Möglichkeit zu geben, sich mit einigen Mädchen auszutoben, und damit Aysel und zwei andere Sklaven, Mary und Fanny, mein Sommerhaus kennen lernten, in dem sie übernachten würden warte auf meine Rückkehr aus Amerika.

In zwei Tagen hatte jeder bereits ein Mädchen entführt, also fuhren wir anschließend nach Havanna, da ich von der Schönheit der Frauen der Insel gehört hatte.

Die Absicht war, dort lange genug zu bleiben, um mehr Sklaven zu bekommen.

KAPITEL 3

Nach einigen Wochen der Fahrt nahm ich bei meiner Ankunft in Havanna ein paar Zimmer in einem der besten Hotels und gab dem Kapitän den Befehl, die Brigg jederzeit einsatzbereit zu halten, damit ich jederzeit schnell in See stechen konnte.

Im Essbereich der Gäste fiel mir eine hübsche und lebhafte Brünette auf, die offenbar auf einer Insel lebte.

Seine Augen waren vollständig unter einer Masse tiefschwarzer Haare verborgen, die sie mit seinem Schatten bedeckten; Aber ich konnte wahrnehmen, dass sie mich ständig ansah, während ich am Tisch saß, und in dem Moment, in dem sich meine Augen trafen, senkte sie plötzlich den Blick auf den Teller oder blickte in eine andere Richtung.

Daraus schloss ich ein positives Zeichen und betrachtete den Erfolg als wahr, da ich dachte, dass ich einen Sieg errungen hatte.

Abends besuchte ich in Begleitung des Kapitäns und der beiden gut bewaffneten Personen das Theater.

Dort sah ich die Dame in einer Loge in Begleitung einiger älterer Herren.

Den Mann, den ich für sie hielt, war ein alt aussehender, hässlicher und aufbrausender Kerl.

Ich folgte ihr in ihr Hotelzimmer, um herauszufinden, wo sie wohnte, mit der Absicht, sie für mich zu gewinnen.

KAPITEL 4

Als ich am Morgen an seiner Tür erschien, wurde ich von Herrn Don José Domínguez, dem Ehemann von Doña Juana, meiner lieben Freundin, im Speisesaal des Hotels empfangen.

Ich erzählte ihm, dass ich ein Gentleman von Rang und Vermögen sei, der zum Vergnügen mit seinem eigenen Boot reiste, und lud ihn zum Hafen ein, um die Brigg zu besichtigen.

Er nahm die Einladung an und war bei seiner Ankunft vor Ort sehr zufrieden mit der ordentlichen Sauberkeit auf dem Deck und dem Luxus, der in den Kabinenaccessoires zur Schau gestellt wurde.

Ich bestellte ein Mittagessen und packte es mit reichlich Champagner ein, damit ich in bester Stimmung war, wenn ich das Schiff verließ.

Als wir im Hotel ankamen, lud er mich in seine Wohnung ein und stellte mich seiner Frau und zwei anderen Damen vor, die wir mit ihr trafen.

Ich versuchte so gut ich konnte, ihr an meinem Gesichtsausdruck deutlich zu machen, dass ich sie besonders bemerkt hatte und von ihrem Charme beeindruckt war.

Nachdem ich mich kurz unterhalten hatte, zog ich mich in mein Zimmer zurück, um mich für das Abendessen umzuziehen.

Dort schrieb ich einen Brief an Doña Juana, in dem ich meine Leidenschaft für sie zum Ausdruck brachte und sie bat, mir ein Interview zu gewähren, da ich in ihren Augen lesen konnte, dass sie selbst nicht unangenehm war.

Nach dem Abendessen gesellte ich mich zu ihr und ihrem Mann und drückte ihr meinen Zettel in die Hand, den sie sofort in den Falten ihres Kleides versteckte.

Dann ging ich in mein Zimmer und wartete auf eine Antwort, die ich sicher bald erhalten würde.

Ich musste auch nicht lange warten, denn ein paar Stunden später öffnete eine schwarze Frau die Tür, steckte ihren Kopf heraus, um festzustellen, ob ich im Zimmer war, warf mir einen Zettel zu und schloss die Tür, ohne ein Wort zu sagen. Sie verließ.

Ich hob den Zettel hastig vom Boden auf und als ich ihn öffnete, wurden meine Erwartungen bestätigt!

Sie gab mir ein Interview.

In ihrer Notiz stand, dass ihr Mann am nächsten Tag zu seinen Plantagen gehen würde und dass sie um drei Uhr nachmittags allein sein würde, um ihr Nickerchen zu machen.

KAPITEL 5

Der Nachmittag, die Nacht und der nächste Morgen vergingen sehr langsam an mir.

Nach dem Essen zog ich mich in mein Zimmer zurück, ließ meine Uhr auf dem Tisch neben dem Bett liegen und setzte mich hin, um auf das Zifferblatt zu schauen, die Zeit vergehen zu sehen und gespannt zu warten.

Aber als das Zifferblatt der Uhr auf drei Uhr zeigte, öffnete dasselbe schwarze Mädchen die Tür erneut, steckte den Kopf heraus, sah sich um, trat zurück und ließ die Tür offen.

Ich sprang auf und folgte ihr in die Gemächer ihrer Herrin.

Dort fand ich Doña Juana in eleganter Pose entspannt auf einem Sofa liegend.

Sie streckte mir zur Begrüßung die Hand entgegen, die ich ergriff und auf meine Lippen drückte.

Sie lud mich ein, mich zu setzen , und ich ließ mich auf einem Hocker neben ihr nieder.

Ich nahm ihre Hand, offenbarte meine Leidenschaft für sie und flehte sie an, meine Liebe nicht abzulehnen.

Zuerst tat sie so, als wäre sie sehr überrascht, dass ich ihr eine Liebeserklärung gemacht hatte, und wirkte sogar halb wütend .

Aber als ich mit meiner Liebesgeschichte fortfuhr und sie zu einer positiven Reaktion auf die verzehrende Leidenschaft drängte, schien sie nachzugeben.

Und als sie sich aus ihrer zurückgelehnten Position erhob, ließ sie mir Platz, um neben ihr auf der Couch zu sitzen.

Als ich mich neben sie setzte, legte ich einen Arm um ihre Taille und zog sie an meinen Körper.

Ich flehte sie an, mir ihre Liebe zu schenken, sogar ihren Mann zu verlassen und mit mir in einen entlegenen Winkel der Erde zu gehen, wo wir weit weg von hier sein könnten, um unsere besten Jahre im sanften Charme der Liebe zu verbringen.

Ich erzählte ihr, dass ihr Mann ein alter Mann sei, mit dem sie das Leben nicht genießen könne und von dem eine junge Frau wie sie nicht die zärtliche Aufmerksamkeit erhalten könne, die sie brauchte, und das sanfte und echte Vergnügen, das sie in seinen Armen genießen könne ein junger Mann. hingebungsvoller Liebhaber.

Sie seufzte und senkte ihren Kopf an seine Brust und sagte, dass sie noch nie erlebt hatte, wie es war, von ihrem Mann die köstlichen und zärtlichen Freuden zu empfangen, von denen er ihr gerade erzählt hatte.

Dass er vom Moment ihrer Heirat bis zum jetzigen Moment die ganze Zeit damit beschäftigt war, zu trinken und Spiele zu spielen.

Dass er sie verließ, um im Haus so viel Spaß wie möglich zu haben, und dass er so eifersüchtig war, dass er sie nie ausgehen ließ, außer in seiner Gesellschaft.

Sie seufzte erneut und wünschte, der Himmel hätte ihr vor ihrer Hochzeit einen Mann wie mich geschenkt.

Ich weiß nicht, wie es passiert ist, aber als sie aufhörte zu reden, bemerkte ich plötzlich, dass eine meiner Hände die Vorderseite ihres Kleides geöffnet hatte und unter ihr Nachthemd schlüpfte.

Da ich kein Missfallen von ihr empfand, begann ich mit der Hand über eine ihrer großen, harten Brüste zu streichen und meine Lippen drückten sich auf ihre.

Sofakissen ruhte und ich auf ihr lag.

In der Zwischenzeit versicherte ich ihm ewige Liebe und Beständigkeit und bat ihn, mir zu erlauben, ihm einen überzeugenden Beweis meiner Zärtlichkeit und Zuneigung zu geben.

Auch dass sie sich von mir überzeugen ließ, dass sie bis jetzt nur den Schatten der ekstatischen Lust der Liebe erlebt hatte, dass ich ihr aber, wenn sie es erlaubte, die wahre Substanz und sogar ein Übermaß jener

Freuden schenken würde, von denen ich überzeugt war dass sie es nicht tat. sie hatte mehr als eine Prise von ihrem Mann bekommen.

Also hob ich nach und nach ihre Kleidung an, bis meine Hand auf einem großen, festen, fleischigen Oberschenkel ruhte.

Joan hatte ihre Augen geschlossen, ihren Kopf zur Seite hängen lassen, ihre Lippen leicht geöffnet und ihre Brust hob und senkte sich schnell aufgrund der schnellen Blutstöße, die durch ihre heftigen, liebevollen Wünsche verursacht wurden.

Ich zog ihr Nachthemd noch höher, bis eine große lange schwarze Haarsträhne in Sicht kam.

Dann knöpfte ich meine Hose auf und spreizte mit etwas Kraft ihre Beine und kroch zwischen ihre Schenkel.

Ich trennte die Schamlippen mit meinen Fingern, führte den Kopf meiner Liebesmaschine ein, und nach wenigen Augenblicken befanden wir uns beide keuchend inmitten der erlesensten Liebesausbrüche.

Nach dem Abspritzen legte ich mich erschöpft auf ihre Brust, während sie regungslos unter mir blieb.

Ich stellte fest, dass meine Steifheit kaum nachgelassen hatte, und an den kurzen Bewegungen und Stößen mit der Spitze meines Schwanzes wusste ich, dass er wieder einsatzbereit und ungeduldig darauf war, dass der Kampf erneut beginnen würde.

Also fing ich an, mich wieder in ihr zu bewegen.

„Wunderschönes Geschöpf", schrie ich, „was für köstliche Empfindungen! Was für ein Vergnügen! Mein Gott!" Ich sagte: „Du warst fast eine Jungfrau. Wie herrlich fest dein süßes Fleisch meinen Stab umklammert !"

Ihre Arme lagen fest um meinen Hals, ihre Schenkel um meinen Rücken, ihre nassen rosa Lippen klebten an meinen.

Unsere Zungen trafen sich.

Mit welcher Lebhaftigkeit, mit welcher Wollust bewegt er sich auf mich zu und gibt mir energische Bögen für meine Stöße.

An der zunehmenden Bewegung ihres Hinterns spürte ich, dass sie sich wieder in Glückseligkeit auflösen würde.

Ich habe es auch gespürt.

„Ah, mein Gott! Oh, was für ein Vergnügen! Ich komme wieder. So, Liebling, hör jetzt nicht auf: Was für eine Freude, was für eine Liebe, was für ein unerträgliches Glück!"

Und ähnliche Dinge erzählte mir das hübsche schwarze Mädchen, während ich sie fickte und in einem Meer der Lust schwamm, in einer vollkommenen Qual der Glückseligkeit.

Als wir uns von unserem Delirium erholt hatten, stand ich auf, zog ihre Kleidung langsam über ihre Beine und drückte sie an meine Seite.

Ich drückte einen sanften Kuss auf ihre geschürzten Lippen, drückte sie in meine Arme und fragte sie, wie ihr die Realität gefiele, nachdem sie über ein Jahr lang mit dem bloßen Schatten dieser köstlichen Substanz genährt worden war, die sie gerade gekostet hatte.

Die Antwort war ein Kuss, der ein Gefühl der Freude durch alle Adern sandte.

„Oh je, das ist nichts, was dir Freude bereiten würde, wenn du dein Vermögen mit meinem vereinen und mit mir nach Frankreich reisen würdest. Dann würden wir ein Leben voller Liebe und Vergnügen führen, wie das, das du gerade versucht hast. Unser ganzes Leben wäre nichts weiter als Liebe und Vergnügen, Morgen, Mittag und Nacht wären Liebe, alle Liebe. Es sollte nichts um uns herum sein als Liebe und nichts als Vergnügen! "

Joan klingelte und das gleiche Ebenholzmädchen trat ein, das zweimal seinen Kopf in meine Schlafzimmertür hinein und wieder heraus gesteckt hatte.

Seine Geliebte sagte ihm, er solle ein Mittagessen mitbringen, und er kehrte bald mit einer eleganten kalten Mahlzeit und köstlichem Wein zurück.

Nach dem Essen und Trinken richteten wir unsere Aufmerksamkeit wieder auf die Liebe.

Ich stand vom Stuhl auf, trug sie zum Sofa, zog sie auf meinen Knien und zog ihr das Kleid aus.

Ich lockerte die Schnüre ihres Oberteils, um mit ihren Brüsten zu spielen, die wirklich schön waren , groß und fest, und mit zwei Brustwarzen, erdbeerförmig, sehr verlockend.

Auch meine Partnerin war nicht untätig, denn während ich damit beschäftigt war, ihr die Kleider auszuziehen und mit ihren Brüsten zu spielen, knöpfte sie meine Hose auf und zog meinen Schwanz heraus, den ich bewunderte und mit dem ich herumspielte, indem ich die Vorhaut bedeckte und freilegte, bis sie zum Höhepunkt kam Zustand sehr schöne Erektion.

Ich hob sie auf die Füße und ließ ihre Kleidung über den Boden gleiten. Sie stand mit all ihrer Schönheit nackt vor mir.

Welche Reize, welche Schönheiten entzückten meine Augen und meine Lippen, als ich es immer wieder drehte.

Ihr runder, weicher Bauch, ihr praller Hintern und dann ihre geliebte Spalte, dieses Meisterwerk der Schönheit, wie sie meinen Schwanz schon einmal umarmt hatte.

Und die Küsse, die sie ihr überhäufte und die sie mir allesamt mit Zinsen bezahlte.

Er kniet zwischen meinen Beinen auf dem Boden.

Sie streichelt meinen Schwanz, drückt ihn gegen ihre Lippen.

Er schmollt und sie schiebt meinen großen roten Kopf dazwischen.

Ich schiebe mich ein wenig nach vorne, dringe in ihren Mund ein, sie saugt an mir, ihre weiche Zunge rollt immer wieder daran.

Sie kitzelt mich weiterhin mit ihrer Zunge.

Da ich das Gefühl habe, dass ich sofort kommen werde, wenn sie so weitermacht, trete ich einen Schritt zurück und nehme sie aus ihrem Mund.

Sie will es wieder in den Mund stecken.

Ich lege sie mit den Kissen unter ihrem Gesäß auf den Boden.

Ich stecke weiterhin meinen Kopf zwischen ihre Schenkel, während mein Schwanz und meine Eier über ihrem Gesicht hängen.

Wieder nimmt sie es an ihren Mund, während ich meine Zunge zwischen ihre Schamlippen stecke und ihre Klitoris damit reibe.

Die Bewegung ihres Hinterns nimmt zu!

Ich merke, dass er gleich kommt und plötzlich stehe ich auf und setze mich auf das Sofa.

Sie setzt sich hinter mich, springt auf die Couch, ihre Muschi berührt mein Gesicht, ihre Arme liegen fest um meinen Hals.

Er ließ langsam seinen Hintern fallen, bis er die Spitze meines Schwanzes berührte.

Ich führe es richtig und sie spießt sich auf meinem Schwanz auf.

Ein paar Bewegungen und ich bewässere sie vollständig mit meiner Milch, während sie mit ihrem Nektar auf meinem Schwanz auch ihre eigene Hommage an den Gott der Liebe erweist.

Als er sich von mir erhob, fielen die vereinten Spermien beider aus seiner anzüglichen Spalte in großen Tropfen auf mich und zeugten von der Fülle, mit der die Natur uns beide mit dem Lebenselixier ausgestattet hatte.

KAPITEL 6

Am Abend schickte sie ihr Dienstmädchen, um ihr das Abendessen auf ihr Zimmer liefern zu lassen, und nachdem wir schweigend zu Abend gegessen hatten, zogen wir uns ins Bett und ich verbrachte die angenehmste Nacht, die ich je mit einer Frau hatte.

Ihr Mann kehrte am nächsten Tag zurück, aber ich fand die Gelegenheit, seine Frau am Abend zu besuchen, und wir erneuerten für kurze Zeit den Transport, den wir am Vortag genossen hatten.

Ein paar Tage später hatte ihr Mann eine Gruppe von sechs Paaren junger Damen und ebenso vielen jungen Männern eingeladen, seine Frau zu besuchen und mit ihnen zu Abend zu essen.

Ich wurde auch eingeladen.

Unmittelbar nach Erhalt der Einladung schickte ich eine Nachricht an den Kapitän , um die notwendigen Vorbereitungen zu beschleunigen, damit er jederzeit zur Abfahrt bereit sei.

Ich nahm an der Party zum Abendessen teil und stellte fest, dass drei der eingeladenen Mädchen hübsch waren, die anderen drei jedoch noch hübscher, alle schwarz.

Nach dem Abendessen lud ich die Gruppe ein, mit mir einen Abendausflug auf meiner Yacht zu machen.

Der Mann meiner Geliebten war in seinem Lob für die Schönheit der Yacht und die reichhaltige und elegante Art, wie sie hergerichtet war, völlig übertrieben und verband seine Wünsche mit meinen.

Mit seiner Zustimmung bestellten wir Kutschen und machten uns auf den Weg zum Ankerplatz der Yacht.

Wir stiegen an Bord, segelten zum Hafen und besichtigten die Insel.

Nachdem wir aufgehört hatten, die Stadt zu besichtigen, nahm ich den Kapitän beiseite und sagte ihm, dass ich wollte, dass er gegen Abend die Brigg an Land brachte; und dass er beabsichtigte, die sieben Männer fangen zu lassen, sie in ein Boot zu stecken und mit den Frauen zu fliehen.

Ich sagte ihm, er solle mit der Besatzung über die Angelegenheit sprechen und bereit sein, meinem Signal zu gehorchen.

Kurz vor Einbruch der Dunkelheit segelten wir in Küstennähe durch einen Ort, an dem es keine sichtbaren Plantagen gab.

Ich hatte angeordnet, einige Taue auf dem Hauptdeck zu verteilen, und befahl dem Kapitän , die Matrosen zu schicken, um sie einzusammeln.

Sechzehn Hardcore-Seeleute kamen achtern, packten plötzlich die Männer und fesselten sie an Armen und Beinen.

Dann erzählte ich ihnen, was ich vorhatte, und befahl einigen Matrosen, die Frauen nach unten zu begleiten.

Ich hörte nicht auf die Verwünschungen und Bitten der Männer um die Frauen, die ihre Frauen waren, sondern ließ sie in ein Boot steigen, um sie an Land zu schicken.

Dort wurden sie losgebunden und zurückgelassen.

Das Boot kehrte zur Brigg zurück und wir segelten nach Frankreich.

KAPITEL 7

Die Mädchen schluchzten und weinten ein oder zwei Tage lang, aber sie beruhigten sich bald.

Unmittelbar nach meiner Landung in Bordeaux betrat ich das Haus, holte Aysel, Mary und Fanny aus ihren Zimmern und stellte ihnen die neue Gesellschaft hübscher kubanischer Frauen vor.

Als das Abendessen serviert wurde, weigerten sich alle kubanischen Frauen, am Tisch zu sitzen und zu essen.

Aber ich sagte ihnen, wenn sie nicht alle meine Wünsche erfüllen würden, würde ich sie den Seeleuten zur Verwendung nach eigenem Ermessen übergeben.

Das zeigte schnell Wirkung bei ihnen und sie setzten sich an den Tisch.

Ich klingelte und zwei der schönsten Frauen, die wir in Bordeaux aufgenommen hatten und die zu den Matrosen gehörten, kamen völlig nackt herein.

Ich hatte ihnen befohlen, auf mein Zeichen zum Kaffeekochen zu warten.

Die kubanischen Mädchen wollten gerade aufstehen, aber ich drohte ihnen mit einem trockenen Schrei.

Die ersten, die aufstehen, sollten die Nacht bei den Männern verbringen.

Das hatte eine Wirkung auf sie und sie blieben still.

Während die Bediensteten den Kaffee zubereiteten, stand ich auf und ging zum Beistelltisch, als wollte ich etwas suchen, aber in Wirklichkeit schüttete ich in jede Tasse Kaffee ein paar Tropfen einer bestimmten Flüssigkeit.

Die Menge, die in jede Tasse gegeben wurde, reichte aus, um die zügellosen und liebevollen Wünsche jeder Frau zu entfachen.

Sie tranken alle ihren Kaffee und nach etwa einer halben Stunde war die Wirkung deutlich sichtbar.

All die Schüchternheit der Bescheidenheit war verschwunden und ihre Blicke schmachteten aufgeregt und scherzten über die Nacktheit der Dienstmädchen.

Immer wenn sie in ihrer Reichweite waren, kniffen oder verprügelten sie sie.

Die Wirkung der Droge, die ich in den Kaffee gegeben habe, war so großartig.

Als das Abendessen vorbei war und die Tische abgeräumt waren, begann ich mit ihnen zu spielen und zu kämpfen.

Rollen Sie sie auf den Boden und spielen Sie ihnen tausend Liebesstreiche vor, die sich mit Zinsen bezahlt machen: Sie werfen mich zu Boden, fallen auf mich.

Während sie von einem von ihnen einen Kuss erhielt, drückte sie eine dünne Brust und ließ ihre andere Hand über einen Oberschenkel gleiten, oder sie schlüpfte mit einer Hand unter einen Unterrock und umfasste mit der anderen eine große Wade oder ein wohlgeformtes Knie.

Ich befahl, einen Wein von sehr guter Qualität mitzubringen, gut gewürzt mit dem Liebestrank.

Ich lud sie zu dem Wein ein, den sie sehr gerne tranken, und nach ein paar Stunden hatten sie alle Zurückhaltung und Bescheidenheit verloren.

Ich nahm die Doña, die Frau, die ich im Hotel verführt hatte und deren Mann mit den anderen an Land gegangen war, beiseite und lud sie ein, mit mir eines der Zimmer zu betreten.

Dann fragte ich sie, ob sie mir verzeihen könne, dass ich sie ihrem alten Hahnrei-Ehemann gestohlen habe.

Er warf sich in meine Arme und besiegelte mit einer innigen Umarmung und einem Kuss meine Vergebung mit seinen Lippen.

Dann bat ich sie, sich auszuziehen und sagte ihr, dass ich gleich wieder bei ihr sein würde.

Ich ging hinaus, gab Mary einen Befehl und kam zurück. Ich fand meine Geliebte nackt, nur im Nachthemd.

Ich zog mich aus und als ich ihr das Nachthemd auszog, gab ich ihr einen Kuss, ließ ihn über ihren Kopf gleiten und wir waren beide nackt.

Ich öffnete die Schlafzimmertür und führte sie in das Mädchenzimmer.

Juana hatte sich bereits betrunken, genau wie die Mädchen, die mit an Bord gekommen waren.

Mit welch lautem Gelächter begrüßten sie uns, kitzelten uns, zwickten uns, schlugen uns gegeneinander, packten mich an den Genitalien und zogen an den Haaren, die über den Schlitz meines Liebhabers hinausragten, streichelten unsere nackten Hintern und warfen uns übereinander auf den Boden , usw.,

Während ich sie fing, hob ich ihre Unterröcke hoch, zwickte ihre Gesäßmuskeln, schüttelte den Kopf meines riesigen Schwanzes gegen die Lippen ihrer kleinen haarigen Schlitze, drückte ihn gegen ihre Hände und ließ sie mit meinem Schwanz spielen.

Ich fing eine und mit der Hilfe von Aysel und meinem Geliebten zogen wir sie bald aus und übergaben ihre Kleidung Mary, der zusammen mit Aysel befohlen worden war, sich früher ausziehen zu lassen, weshalb sie genauso nackt waren wie ich War.

Nach und nach fingen wir alle schwarzen Mädchen ein und in wenigen Minuten hatten wir sie alle komplett ausgezogen.

Ach , was für liebevolle und ungezügelte Streiche spielen wir dann sportlich gemeinsam.

Sie kitzelten meine großen Eier, sie spielten mit meinem Penis und rieben ihn, ich formte ihre schönen Titten und mit meiner Fingerspitze kitzelte ich alle ihre Muschis.

Ein kleiner schwarzer Teufel, der aussah wie der Jüngste der Gruppe, brachte mich zum Abspritzen.

Wie lustig es für den Rest von uns war, später zuzusehen, wie sie ihren Kopf auf meine Schulter legte, ihre Schenkel spreizte, damit ich meine Finger hineinstecken und ihre Freudenausrufe nach Luft schnappen konnte.

Ihr Oh und Ah , als sie mir ihre großzügige Flüssigkeit gab, die durch meine Finger lief und meine gesamte Hand befeuchtete.

Während ich mit meinen Fingern das liebe Mädchen rieb, hockte sich Juana zwischen meine Beine und nahm meinen Schwanz in ihren Mund und lutschte mich auf diese Weise so süß, wie sie es in Kuba tat.

Ich bemerkte es erst, als das üppige Geschöpf, das auf meiner Schulter lehnte, mit dem Kommen fertig war.

Aber ich hatte das Gefühl, ich würde auch kommen, aber als ich versuchte, meinen Penis aus ihrem Mund zu ziehen, drückte sie mein Gesäß mit ihren Händen und drückte mich gegen ihren Mund, bis meine Eier ihr Kinn und ihren Hals berührten.

Ich rief:

„Mein Gott! Lass ihn gehen. Ich werde kommen!"

Aber anstatt es zu tun, umarmte sie mich noch mehr und kitzelte immer mehr an meinem Schwanzkopf.

Die Krise erfasste mich, die kurzen, krampfhaften Bewegungen meines Hinterns kündigten an, dass die Flüssigkeit kommt.

„Ich komme; hier ist es. Oh mein Gott! Was für ein Vergnügen! Wie exquisit! Was für ein Glück! Oh, Gott! Schneller! Oh, was für ein Glück! Himmlische Freude! Ich komme in deinen Mund",

Nachdem ich mit meinem ganzen Strom in seinem Mund fertig war, fiel ich vor übermäßiger Lust völlig ohnmächtig zu Boden.

Mein Fleisch zitterte und tanzte, mein ganzer Körper war in Bewegung, als würde ihn der höllische Tanz angreifen.

Noch nie, nein, noch nie auf der Welt hatte ein Mann solch ein exquisites Vergnügen und so viele Frauen erlebt.

Noch nie hat ein Mann ein so üppiges Vergnügen erlebt.

Noch nie hat eine Frau einem Mann eine so himmlische, ekstatische Glückseligkeit vermittelt wie die, die ich von meinem Geliebten

empfing, als er meine perlmuttartige Flüssigkeit in seinen Mund fließen
ließ.

Noch nie hat das exquisiteste Saugen und Reiben einer Muschi so
viel Ekstase hervorgerufen, wie ich es verspürte, als ich in ihren Mund
kam.

Als die perlmuttartige Flüssigkeit aus mir heraussprudelte, legte er
seine Zunge über meinen Kopf, drehte sie immer wieder und gab mir so
köstliche Glücksgefühle, dass ich Lustkrämpfe verspürte.

KAPITEL 8

Es dauerte einige Zeit, bis ich mich erholte, und dann geschah es durch das Necken und Kitzeln meiner lieben Folterer.

Es gab eine Orgie zwischen den Mädchen auf dem Boden der Kammer , aber ich sagte ihnen bereits, dass es spät sei und wir machten das Licht aus und gingen zu Bett.

Ich lag in Juanas Armen und bald bezahlte ich sie für die Freude, die sie mir kurz zuvor bereitet hatte.

Dreimal ließ ich die warme und großzügige Flüssigkeit, die so kraftvoll auf Frauen wirkt, in die geheimsten Winkel ihres Schlitzes einfließen und dann bereitete ich mich auf den Schlaf vor.

Nachdem ich ungefähr zwei Stunden geschlafen hatte, wachte ich mit dem Gefühl auf, dass jemand mein Glied rieb und damit spielte, das bereits auf den Kampf vorbereitet war.

Ich entdeckte, dass es Juana war, deren Hintern an meiner Oberschenkelbeuge klebte und die Spitze meines Penis an ihrem Hintern rieb.

Ich machte ihn von Zeit zu Zeit nass und das Gleiten zwischen seinen dicken Pobacken löste ein sehr angenehmes Kribbeln aus, das meinen gesamten Körper durchdrang.

In dem Wunsch, ihr bei ihren Absichten zu helfen, tat ich sogar so, als würde ich schlafen, und half ihr auf jede erdenkliche Weise in Bezug auf die Position usw.

Doch dann schloss ich meine Arme um seine Taille und einen Oberschenkel, den ich leicht anhob.

„Oh", sagte er, „du bist wach und willst mehr Vergnügen!"

Ich antwortete nicht und führte den Kopf meines Schwanzes in ihr enges kleines Loch.

Ich drängte mich nach vorne, aber er konnte nicht eindringen.

Mit meinen Fingern befeuchtete ich den Kopf mit Speichel und positionierte ihn neu, konnte aber den Eingang zum schmalen Loch nicht überwinden.

Da das Liegen eine unangenehme Position war, legte ich sie auf den Bauch und legte ein Kissen unter sie, um ihren Hintern hochzuheben.

Ich spreizte ihre Schenkel, ging dazwischen und probierte es erneut durch den Hintereingang.

Ich habe mein Mitglied zum Eintritt gezwungen.

Sie wand sich und krümmte sich und keuchte vor Vergnügen, das sie kaum unterdrücken konnte.

Ihre Bewegungen und die üppigen Kontraktionen ihres Hinterns lösten bei mir einen reichlichen Ausfluss elektrischer Flüssigkeit aus, die ich ihr injizierte.

"Oh Gott!" Sie rief aus: „Was für ein Vergnügen fühle ich, dass es in mich eindringt! Wie heiß es ist, meine liebe Liebe! Wieder und schneller, jetzt komme ich auch; es kommt bereits aus mir heraus. Mein Gott! Es ist der Himmel! Was für ein Vergnügen.“ ! Ach, was für ein köstlicher Genuss! "

Die Worte erstarben auf seinen Lippen.

In der Zwischenzeit fickte er sie bereits wieder in ihrem Schlitz und rieb gleichzeitig ihre Klitoris, was ihr das doppelte Vergnügen bereitete.

Hier war eine völlig neue Quelle des Vergnügens, die mir durch die Ausschweifungen meines neuen Liebhabers eröffnet wurde.

Ich hatte sie bereits an drei verschiedenen Orten genossen und entdeckte, dass sie in die tiefsten Tiefen meines Wesens eingedrungen war und dort ein Gefühl hervorgerufen hatte, das meiner Meinung nach von keiner anderen Frau ausgelöscht werden konnte.

Es war ein Luxus, das wilde und fassungslose Staunen der hübschen Mädchen, die uns umringten, zu sehen, als sie völlig nackt bei uns lagen.

Und irgendwie steigerte sich seine Erregung, das wage ich zu behaupten, als er mich auf Juana sah, wie ich ihr mit ihrem unstillbaren Appetit auf ein köstliches Erwachen wieder den Arsch gab, wie ich ihn heute Morgen bereitet hatte und an dem sie mit großer Freude gelutscht hatte ..

Aber als ich damit fertig war, meine heiße Milch auf den Arsch meiner hübschen Juana zu gießen, sprangen alle kubanischen Frauen auf die Suche nach ihren Kleidern oder etwas, um ihre Nacktheit zu verbergen, aber ohne Erfolg; Es wurden keine Kleidungsstücke gesehen, da diese unter Verschluss gehalten wurden.

Das umwerfende kleine Geschöpf, in dessen Armen sie die Nacht verbracht hatte, lachte fast laut auf, als sie die dumme Benommenheit der Mädchen sah, und fing an, sie zu kritisieren, erzählte ihnen alles, was in der Nacht passiert war, und erinnerte sich an all ihre Torheiten und Extravaganzen.

Anfangs war sie zurückhaltend gewesen und hatte versucht, ihnen zu erklären, dass sie sich ihrem Glück stellen sollten, wie sie mit Nachdruck sagte, indem sie all die Freude beschrieb, die sie während der Nacht von mir erfahren hatte, und sie anflehte, sich mit gutem Anstand allem zu unterwerfen, was ich wollte wäre das Beste für sie.

Dann sprach ich mit ihnen und erzählte ihnen, wohin der von ihnen geleistete Widerstand sie führen würde, der sie zu den heftigen Wünschen gewöhnlicher Seeleute zurückführen würde; aber im Gegenteil, wenn sie so handelten, wie ich es wollte, würde ihnen alles gut gehen.

Sobald sie auch nur den kleinsten Wunsch geäußert hatten, wurde dieser sofort erfüllt.

Ihnen sollte die größte Aufmerksamkeit geschenkt werden, und ich erzählte ihnen abschließend von dem Leben voller Luxus und wunderbarer Liebe, das sie mit mir führen würden, und im Gegenteil, von dem schrecklichen Leben, das sie führen würden, wenn sie weiterhin zögern und mich zwingen würden, mich abzuwenden sie von den brutalen Gelüsten der Seeleute fernzuhalten.

Dies hatte eine erhebliche Wirkung auf sie, da er Angst und Schrecken deutlich in ihren Gesichtern erkennen konnte.

Dann klingelte ich, um eine Dienerin zu rufen, und sagte ihr, sie solle mir eine Flasche Wein bringen, und sagte dem Mädchen, wo sie sie bekommen könne.

Als sie es brachte, füllte ich die Gläser und bat die schwarzen Mädchen, die in der Ecke zusammengedrängt waren, zu kommen und jeweils ein Glas zu trinken.

Sie rührten sich nicht, und mit einem Stirnrunzeln befahl ich ihnen, zum Trinken zu kommen.

Sie näherten sich dem Tisch und tranken den Wein.

Ich sagte ihnen, sie sollten auf der Couch sitzen, während sie das Frühstück servierten.

Wir saßen zu viert auf einer Couch und ich versuchte, auf ihre Knie zu gehen, aber sie sprangen alle auf und rannten in eine Ecke.

Ich beschloss, sie sofort zu terrorisieren, damit sie meinen Wünschen vollkommen untergeordnet wären.

Ich rief eine Dienerin und schickte sie zu meinem Begleiter, der als mein Diener fungierte.

Als er das Zimmer betrat, befahl ich den Mädchen, zu ihren Plätzen auf der Couch zurückzukehren, was sie schüttelnd taten.

Dann sagte ich dem Partner, er solle sich das erste Tier schnappen, das sich zu bewegen versuchte, es auf das Deck des Schiffes schleppen und es den Matrosen geben.

Ich ging zu ihnen hinüber und setzte mich für einen Moment auf einen von ihnen.

Liego lag auf meinem Rücken, mein Gesicht war ihnen zugewandt.

Diejenige, auf deren Schenkeln meine Füße ruhten, ich bat sie, ihre Beine zu spreizen, und mit meinen Zehen kitzelte ich die Lippen ihres buschigen Schlitzes.

Diejenige, auf deren Schenkeln mein Kopf ruhte, ließ ich auch ihre Beine spreizen, damit ich meinen rechten Arm dazwischen fallen lassen konnte.

Dann rieb ich gelegentlich ihren Kitzler mit meinem kleinen Finger und kitzelte sie direkt an ihren Lippen; sie begann sich auf der Couch zu winden.

Die anderen beiden Mädchen, auf denen meine Gesäßmuskeln und Oberschenkel ruhten, begannen mit mir zu spielen, eines mit meinen Eiern und das andere mit dem Schlagstock.

Beim Frühstück hatte er so viel Aphrodisiakum-Tinktur in die Tasse des jüngeren und hübscheren Mädchens gegeben, dass ihre lustvollen Wünsche ganz deutlich zum Vorschein kamen.

Nachdem wir mit dem Frühstück fertig waren, brachte ich dieses Mädchen zu einer Couch und setzte sie auf die Knie, und als die Droge bei ihr zu wirken begann, nahm ich mir mit ihr alle Freiheiten, die ich wollte, indem ich ihre hübschen Lippen und Brustwarzen küsste und daran saugte , ihre Brüste, ihr Gesäß manipulieren, ihre Klitoris reiben, meine große Maschine zwischen ihre Schenkel heben und ihre Schamlippen reiben, bis ich das Gefühl hatte, überall einen Auftritt zu haben, egal wie klein es war.

Währenddessen hielt sie mich in ihren Armen, küsste mich zurück, rieb und schraubte ihren Hintern an meinen Schenkeln und zeigte damit das rasende Fieber, das diesen Teil von ihr verschlang.

Ihre Begleiter, von denen keiner gesehen hatte, wie ich die Tinktur in ihren Kaffee goss, betrachteten ihre Manöver mit mir mit völligem Erstaunen; ohne daran zu denken, dass jeder das Gleiche tun würde, bevor mehr als zwei Tage vergingen.

Ich legte ein Kissen und ein Kissen auf das Sofa, um sie richtig auf Kopf und Bauch zu stützen, und als ich das kleine Kobold auf ihren Bauch legte, spreizte ich ihre Beine weit und stellte mich dazwischen.

Sie half mir bereitwillig, das Problem gut zu beheben, damit alles besser funktionierte.

Mary und Aysel kamen als Piloten, um mein edles Schiff zum Hinterhafen der Liebe zu steuern.

Der Eingang zur Zuflucht war sehr eng, was den Weg erschwerte, bis Doña Juana auf mich zustürmte und mir einen harten Schlag auf den nackten Hintern versetzte, der mich bis zum Anschlag ins Innere riss und das köstliche Geschöpf, das ich anal entjungferte, vor Schmerz aufschreien ließ.

Milch floss aus ihr und Sperma aus mir und vermischte sich köstlich.

Nachdem ich mich einen Moment ausgeruht hatte, nahm ich den köstlichen Lauf wieder auf und hatte bald die Freude zu wissen, dass das liebe Mädchen den Höhepunkt menschlichen Vergnügens erreichte, während ich gleichzeitig meine Sinne in einem weiteren Ausfluss dieser seltsamen Flüssigkeit ertränkte, die einen in solche Ekstase ertränkt..

Drei anderen habe ich vor dem Ende des Tages auf die gleiche Weise bedient und dabei jene unangenehmen Reaktionen beseitigt, die einer Frau nichts nützen und die ich besonders gerne unterdrücke.

Ich habe eine von ihnen gezwungen, ihre anale Jungfräulichkeit ohne die Hilfe der Tinktur und ohne ihre Besinnung aufzugeben.

Oh! Es war Glückseligkeit, doppelt verfeinert, mit seinen heftigen Kämpfen, sich aus meinen lasziven Umarmungen zu befreien.

Wie süß und musikalisch klangen seine Schreie der Angst und Scham in meinen Ohren.

Mit welcher Entschlossenheit zwang ich sie, ihren süßen Körper meinen wilden Gelüsten zu überlassen.

Wie überwältigend war die Freude, die ich empfand, als ich die zarten Außenwände, die Innentüren, die Bastionen, alles, aufriss.

Und schließlich zwang ich sie, sich vollständig zu verneigen, um den Tempel der Venus zu betreten, obwohl sie weiter kämpfte und schrie.

Götter! Es war ein so herrlich köstlicher Fick, dass es eine halbe Stunde dauerte, bis ich mich genug erholt hatte, um die kleine Grotte der Venus wieder zu betreten, den Weg, den ich gerade genossen hatte.

Schönes Geschöpf!

Dreimal erlebte ich in seinen Armen dieses wilde Vergnügen der Entrückung, das die Seele berauscht und den Geist in jenen üppigen

Ekstasen ertränkt, die nur in der engen Umarmung der beiden Geschlechter erlebt werden können.

KAPITEL 9

Da ich einige Tage lang darauf verzichtete, mit einem der Mädchen zusammenzuleben, spürte ich, wie meine Kräfte erneuert und gestärkt wurden, und am fünften Tag später, als ich nach Frankreich gebracht wurde, erzwang ich den Hintereingang der anderen drei, die vermisst wurden.

Sie haben hart darum gekämpft, es zu vermeiden, aber nachdem sie ihre so gehütete anale Jungfräulichkeit verloren hatten, gingen sie mit der Leidenschaft und Begeisterung, die Frauen spanischen Blutes auszeichnet, in alle meine Launen und Freuden ein.

Sobald der Rubikon überschritten war, wurden sie zu den größten Libertinen, die mir je begegnet sind.

Sie umringten mich Tag und Nacht und versuchten mit allen Mitteln , meinen Schwanz in einem konstanten Erektionszustand zu halten.

Sie legten mich völlig nackt auf den Boden, genau wie sie.

Sie kämpften genau um den Besitz meiner Genitalien.

Eine drückte sanft meine Eier, während eine andere mit meinem Penis spielte, was sie durch die sanfte Reibung ihrer weichen und zarten Hand tat, um eine Erektion zu erreichen.

Dann stürmte sie zu mir und verschlang den üppigen Bissen, genoss ihn mit diesen exquisiten inneren Kontraktionen und Pressungen, die in dem Moment, in dem Frauen kurz vor dem Kommen stehen, den Geschlechtsverkehr so köstlich machen.

also eines auf mich aufstieg, zeigten die anderen lieben Geschöpfe das ganze Feuer ihrer spanischen Lust.

Zwei von ihnen packten meine Hände mit ihren Schlitzen, jeweils eine in jedem, und indem sie meine Finger durch ihre anzüglichen Schlitze fuhren und durch die Reibung mit meinen Fingern an den steifen roten Spitzen, bekamen sie den Anschein des Vergnügens, das ihr glücklicher Rivale genoss. und von dem Horn empfangen, das aus meinem Bauch spross und das sie auf ihrer kleinen Muschi aufgespießt hatte.

Juana stürzte sich in die Arme der Araberin Aysel, die sie sehr gemocht hatte.

Sie lagen auf dem Boden und umarmten sich, rieben und drückten sich gegenseitig die Brüste, saugten an den Brustwarzen des anderen und steckten ihre Zungen in die Muschi des anderen.

Die Hände eines jeden spielten und verhedderten sich in den dichten Haaren, die über dem Schlitz des anderen schattierten.

Die Finger glitten nach unten, drangen in die heilige Grotte ein, und dann, so weit sie konnten, glitten sie, und die Erregung begann.

Und mit dem Finger der anderen Hand rieben sie gleichzeitig die Klitoris, was sie bald in den köstlichen Zustand der Vernichtung brachte, der die Seele in einem Meer der Glückseligkeit auflösen lässt.

Zu anderen Zeiten packten sie die schmachtende Fanny, die noch immer ihre Jungfräulichkeit hatte, sie aber unbedingt loswerden wollte, und warfen sie auf das Sofa oder auf den Boden.

Und während Aysel ihre Brüste drückte oder daran saugte, ihre schönen Titten im Mund drückte, ihre rosa Lippen küsste und saugte und ihre Zunge in ihren Mund steckte, war Juana zwischen ihren Schenkeln und rieb ihre Klitoris mit ihren Fingern und mit deine Zunge zwischen deinen Lippen.

So erregte er ihre Muschi, um ihr das köstlichste Vergnügen zu bereiten.

Die liebe Fanny würde kommen und den Schnaps, den sie in Hülle und Fülle besaß, auf Aysels Zunge gießen, mitten in langen und tiefen Seufzern.

Auch ihre Hände waren nicht untätig, denn diejenigen, die ihr Freude bereiteten, vergaßen sich selbst nicht.

Sie zwangen ihre Hände so, dass jeder zum heißen Ofen der anderen beiden ging und einen Flüssigkeitsstrahl aussendete, der Fannys Hände überall benetzte.

Würden sie also alles tun, um Fanny die Freuden zu bereiten, die sie um sie herum ständig von mir empfingen, die ich ihr aber dennoch vorenthalten hatte?

Doch es dauerte nicht lange, bis der Tag kam, an dem das geschah, wonach sich alle Mädchen sehnen: ihre Jungfräulichkeit loszuwerden.

Ich gönnte mir einen Tag frei und lag allein in der Kammer auf einer Matratze.

Die Mädchen machten ihre Betten immer auf dem Boden und wir schliefen zusammen.

Nachdem ich einige Zeit geschlafen hatte, wachte ich mit dem Gefühl auf, dass jemand mit meinen Geschlechtsteilen spielte.

Juana und Aysel lagen auf beiden Seiten von mir, ihre Köpfe ruhten auf meinen Schenkeln.

Juana hatte das Stück Fleisch, das sie so sehr mochte, in den Mund genommen und kitzelte es mit ihrer Zunge.

Die andere Möglichkeit bestand darin, den merkwürdigen Beutel, der zwischen meinen Schenkeln hing, zu befühlen und mit ihm zu spielen und die Eier sanft zu reiben und zu drücken.

Meine Maschine stand stolz wie ein Mast da, ihr roter Kopf leuchtete im Dunkeln.

„Komm schon", sagte Juana, „Aysel hat fünf Tage lang im Schatten der Substanz gelebt, an der sich die anderen Mädchen so sehr gefressen haben, und es ist nur fair, dass du sie für ihr Hungern belohnst, während andere im Überfluss gelebt haben. Komm, Steh auf! Dein Schwanz ist in einem guten Zustand. Du musst diese Nacht mit ihr und mir verbringen, weil ich schon seit einiger Zeit kein Fleisch mehr gegessen habe. "

Ich legte Aysel auf den Rücken, schob mich zwischen ihre Beine und führte meinen Schwanz in ihre Teile ein.

In dem Moment, als er seinen Kopf in den Nischen ihrer Muschi spürte, begann sich sein Bauch zu bewegen.

Ich arbeitete eine Weile hart an ihr und hielt meinen eigenen Alkohol so lange wie möglich zurück, um ihr das größtmögliche Vergnügen zu bereiten, und sie kam dabei dreimal.

Gerade als sie ihren dritten Orgasmus an meinem Schwanz beendete, streckte ich die Hand aus und injizierte ihr meinen reichlich vorhandenen Samen in ihre Gebärmutter.

Ich stieg aus ihr aus und legte mich zwischen die beiden.

Ohne mir Zeit zum Ausruhen zu geben, begann Juana mit meinem Widder zu spielen, den sie umarmte, drückte ihn an ihre Brüste, drückte ihn zwischen sich, drückte ihn gegen ihre Wangen, rieb ihn sanft mit ihrer Hand und nahm seinen unbedeckten Kopf zwischen ihre Lippen , biss ihn sanft und kitzelte ihn mit der Spitze seiner Zunge.

Dann hielt er inne, bis er auf meinem immer noch faltigen Schwanz sank, nahm ihn und führte ihn ganz in seinen Mund und an seinen exquisiten Gaumen.

Sein Saugen und Kitzeln erweckte sie wieder zum Leben und hob stolz ihren Kopf zu ihren kleinen Lippen, die sie kaum noch umfassen konnten.

Ich legte sie auf den Bauch, legte ein Kissen unter ihren Unterkörper und drang dann in ihr hinteres Loch ein.

Ich legte meine linke Hand unter ihre Schenkel und steckte meine Finger in ihre Muschi, wobei ich sie steif hielt, während ich an ihrem Anus arbeitete.

Die Bewegungen ihres Hinterns, die durch das Fallen meiner Schenkel gegen ihren Hintern verursacht wurden, ließen sie an meinen Fingern reiben.

So genoss sie ein doppeltes Vergnügen.

Auch Aysel blieb nicht zurück, ohne diese schöne Szene zu teilen.

Sie hatte sich mit ihrem Bauch auf meine Brust gelegt, ihr Busch und ihre Spalte rieben an meiner Seite, ihr rechter Oberschenkel auf meinem Kopf.

Ich zog sie an mich heran und küsste ihre Schamlippen.

Ich kitzelte ihre Klitoris mit meiner Zunge, steckte sie zwischen meine Lippen und erregte sie damit so köstlich, dass sie vor Lust verschwand, während Juana gleichzeitig den Sinn für die krampfhaften Anspannungen verlor, in die meine doppelte Berührung sie versetzt hatte . .

Nachdem dieser Auftritt zu Ende war, lagen wir etwa zwei Stunden lang völlig erschöpft in den Armen des anderen , am Ende fühlte ich mich etwas belebter.

KAPITEL 10

Während wir zusammen schliefen, beschrieb Juana Aysel das intensive Vergnügen, das sie genossen hatte, als ich in ihr hinteres Loch eindrang, und sie überwältigte die Idee, mich zu zwingen, sie auf die gleiche Weise zu reiben.

Also ließ ich sie ihren Kopf zwischen meine Schenkel legen, um mit meinem kleinen Ding zu spielen und sie zu einem neuen Leben zu erwecken.

Die schöne, zarte und üppige Aysel nahm meinen Schwanz in den Mund und durch das Kitzeln ihrer Zunge und das Saugen, das sie ihm gab, sorgte sie bald dafür, dass er schöner aufrecht stand, woraufhin sie ihn losließ.

Ich brachte sie bald in eine günstige Position für den Angriff, der sie ihrer analen Jungfräulichkeit berauben sollte, und sie war durchaus bereit, sich sofort zu ergeben.

Ich habe sie auf die rechte Seite gelegt, teilweise auf dem Rücken liegend.

Dann legte ich mich auf ihre linke Seite und bereitete mich darauf vor, in sie einzudringen.

Juana hatte vor Aysel gelegen.

Ihre Muschi berührt ihr Gesicht und ihr Kopf zwischen den Schenkeln ihres Partners.

Juana hob den Kopf meiner riesigen Maschine an ihren Mund, befeuchtete ihn gut mit Speichel und führte sie dann zu ihrem Ziel.

Aber der Ort war so klein, dass ich viele Versuche unternahm, bevor ich ihn durchdringen konnte.

Endlich spürte ich, wie er eintrat.

Ich drückte langsam und stetig und am Ende hatte ich das Gefühl, dass es unmöglich war, weiter zu kommen.

Aysel wand sich und wand sich so sehr, nachdem sie in sie eingedrungen war, dass ich kaum auf ihr bleiben konnte.

Juana hatte die Finger ihrer rechten Hand in die Fotze des schönen Geschöpfs gesteckt, das ich streichelte, und die Bewegungen ihres Rückens, während wir zusammenarbeiteten, ließen sie daran reiben.

Gleichzeitig legte Aysel ihre eigenen Arme um Juanas Gesäß, brachte den Schlitz nahe an ihren Mund, steckte ihre Zunge hinein und rieb ihn so gut, dass Juana vor uns beiden kam und Zunge und Lippen benetzte der schönen Araberin mit den perlmuttartigen Tropfen von Juanas Nektar.

Die Krise erfasste mich nun.

Im selben Moment ließ die Berührung von Juanas Fingern Aysel kommen, während ich gleichzeitig einen Strahl kochendes Sperma in ihr Rektum spritzte.

„Ah, lieber Herr, haben Sie Erbarmen mit mir! Ich spüre es hier in mir! Ich auch! Oh mein Gott! Ich komme! Oh je, was für eine Freude. Ich sterbe, ich komme wieder, noch einmal ! Kommen ! "

Aysel lockerte den krampfhaften Griff, den sie um Juanas Hintern hatte.

Ihr Fleisch bebte und tanzte und sie lag vor Vergnügen zuckend da, wie die Götter es sich nie erträumt hätten.

KAPITEL 11

Nach einer weiteren Woche in Bordeaux bestiegen wir alle wieder das Schiff und machten uns auf den Weg zum Schloss.

Wir erreichten das Ufer und ankerten in dem kleinen Bach.

Wir gingen sofort an Land und gingen mit den Frauen zum Schloss.

Himmel! Was für ein Willkommen, das ich empfing.

Wie lebhafte, wilde und lüsterne Mädchen umeinander strömten und mit welchen Umarmungen sie mich begrüßten.

Ich wurde von den hungrigen Kreaturen, die sich zusammendrängten, um mich zu umarmen, ziemlich aufgefressen.

Und die liebende Rose! Ach, meine liebe Catherine, was für ein Gefühl lösten sie in mir aus, als ich dich in meinen Armen hielt und deine feurigen Küsse empfing.

Und du, schöne Odette, wie dein kleines Herz schlug, als ich deine Brust an meine drückte; Welches Feuer leuchtete in deinen trägen schwarzen Augen, als du eine meiner Hände in deine Muschi und deine in meinen bereits steifen großen Schwanz stecktest.

Dann kam Giselle, die zarte Giselle mit heller Haut und blauen Augen.

Mit welcher wilden Freude sprang sie vorwärts, leicht wie eine feurige Gazelle, in meine Arme.

Welche lustvollen Feuer flackerten in seinen zusammengekniffenen Augen.

Seine Lippen treffen auf meine, sie sind wie verklebt.

Sie zwingt meinen Mund auf, ihre Zunge trifft auf meine.

Sie reibt ihre Schamlippen an meinem Oberschenkel, schließt ihre Arme fest, ihre Brüste heben und schwellen in schneller Folge an, sie wackelt mit ihrem Hintern, ihr Arsch zuckt krampfhaft und sagt: „Oh, oh, Gott!" und er rutscht in meine Arme und fällt zu Boden.

Dort, am anderen Ende des Raumes, sehe ich Brigitte eintreten.

Brigitte, dieselbe Göttin der üppigen Schönheit.

Sie hat von meiner Ankunft gehört.

Sie kommt auf mich zu, völlig nackt bis auf eine rosa Gaze um ihre Taille.

Ich bin auch schon nackt, denn die Mädchen hatten mir beim Betreten des Zimmers alle meine Klamotten ausgezogen.

Mein Schwanz ist hart und steif und steht aufrecht an meinem Bauch.

Brigitte sieht ihn, richtet ihren Blick auf ihn und bleibt völlig still, fasziniert von dem bezaubernden Anblick.

Ich fliege auf sie zu, ich nehme sie in den Arm, ihre Gefühle dominieren sie, sie legt sich auf den Rücken, sie zieht mich mit sich.

Wenn ich falle, spreizen sich seine Beine und ich falle dazwischen, und fünfmal kam er, bevor er unter mir hervorkam.

Als er aufstand, blitzte was für ein Leuchten in seinen Augen auf.

Sein Gang war leicht und federnd wie der eines Rehkitzes.

Als ich mit der bezaubernden Brigitte aus meinem Sturz aufstand, begegnete ich dem Blick der zügellosen Afrikanerin, die mit einem Glas Wein in der Hand auf mich zukam.

Sie war vollkommen nackt und verdreht und ihre Schenkel waren verschraubt.

Ich treffe sie, nehme das Glas entgegen und trinke den Wein.

In dem Moment, als ich es trank, wusste ich, dass es mit der Tinktur gemischt war, um Liebesneigungen zu wecken und zu wecken.

All die schönen Kreaturen, die ich gerade genannt habe, versammelten sich um mich.

Sie umarmten mich überall.

Einige ein Bein und ein Oberschenkel; andere hingen um meinen Hals; einige ergriffen meine Hände und rieben sie.

Einer sitzt zwischen meinen Beinen auf dem Boden und drückt noch einmal spielerisch meine Eier und streichelt meinen Schwanz.

Die üppige Shaira hat ihre Arme um meinen Hals verschränkt und ich bin gerade dabei, sie mit meiner Erektion zu durchdringen, aber Fanny tritt vor und bittet um ihren Anspruch im Namen ihres kleinen Mädchens, das sie mit brennendem Fieber verzehrt.

Ich nehme sie in meine Arme, lege sie hin und falle über sie.

Eines der Mädchen beeilt sich, ein Kissen unter ihren Hintern zu legen und führt dann den Pfeil in ihre Scheide.

Ich drückte und drückte, und eines der Mädchen gab mir ein paar kräftige Ohrfeigen auf den Hintern, brachte mich bis zum Anschlag und das süße Mädchen nahm sofort den köstlichen Schnaps auf, auf den sie gewartet hatte.

Der Wein, den ich getrunken hatte, enthielt so viel Tinktur, dass mein großer Schwanz auch dann noch stehen blieb, nachdem er seinen gesamten Alkohol in Fannys Gebärmutter gegossen hatte.

Dann wurde die Afrikanerin für einen kräftigen Cumshot in ihr Inneres gesteckt, um sie kräftig zu streicheln.

Er kam dreimal, während er in ihr war.

Brigitte, Odette und Giselle kamen der Reihe nach; Jeder erhielt einen exquisiten Schuss feurigen Alkohols.

Dann ging ich baden und nahm nur vier der Mädchen mit: Brigitte, Rose, Odette und Giselle.

Während ich auf der Toilette war, habe ich noch zweimal mit Giselle und Odette gevögelt und sie dann in ihre Wohnungen geschickt, wobei ich die anderen beiden behalten habe.

Das Mittagessen wurde ins Badezimmer gebracht und ich beschloss, mich den lustvollen Gelüsten meiner beiden entzückenden Liebhaber zu opfern, und trank noch mehr Wein mit der Tinktur.

Genug, damit ich den beiden, die bei mir waren, so viel Milchbrühe geben konnte, wie sie in der Nacht trinken konnten.

Nachdem wir ein paar Stunden im Badezimmer verbracht hatten, gingen wir hinaus und gingen in die Schlafzimmer.

Ich führte sie in das Zimmer mit dem Bett in der Mitte, ließ die Vorhänge fallen und sprang auf das Bett.

Die beiden Mädchen sind mir gefolgt und ich werde mich bis zum Äußersten in Roses feurigem Ofen vergraben.

Viermal ließ dieses sanfte Geschöpf ihre Milch herausfließen, und zwar so reichlich, dass das Laken unter ihrem Hintern völlig nass war.

Im Gegenzug nahm Brigitte ihre gierige kleine Muschi und stopfte sie mit meinem Schluck voll.

Also verbrachte ich die Nacht damit, zuerst die eine und dann die andere zu ficken, bis sie völlig erschöpft und erschöpft waren von dem köstlichen Fick, den ich ihnen gegeben hatte.

KAPITEL 12

Also beschloss ich, nicht mehr nach weiteren Mädchen zu suchen, die ich entführen konnte, und gab mich den lieben Mädchen hin, die ich bereits besaß und die ich nicht schöner, üppiger und meinen launischen Freuden hingebungsvoller finden konnte.

Ich lebe glücklich umgeben von den süßen Kreaturen, aber jetzt höre ich jemanden, der mich von meinem privaten Bett aus ruft.

Mir geht es gut , ich habe mich drei Tage lang der Stimme enthalten.

Ich gehe schnell auf sie zu, springe in ihre Arme und ertrinke im Meer des Glücks, in den Armen von La Rosa Amorosa.

ENDE DER SAGA

57

UNTERWÜRFIGE
VON
ERIKA SANDERS

Ich wünsche dir.

Alles über dich.

Von Kopf bis Fuß und alles dazwischen.

Dein Körper, dein Geist, deine Seele.

Die Unvollkommenheiten, die du hasst, die ich nicht hasse.

Ich liebe jeden Teil von dir, so wie du bist.

Besonders dieser Arsch.

Ich will bei dir bleiben.

Die ganze Zeit.

Es ist egal, wo du bist.

Meine Gedanken wandern, ausgelöst durch einen Gedanken oder ein Bild.

Ein Lied.

Ihre Initialen auf einem Nummernschild.

Ein einfaches Wort, das im Vorbeigehen gesprochen wird und für Sie beide eine besondere Bedeutung hat.

Ein Fremder, der Haare trägt wie Sie.

Gekleidet wie du.

Ich möchte deine Stimme hören.

Wenn du mich mit deinen Kosenamen anrufst.

Sag mir, dass du mich liebst, dass du mich vermisst.

Beschreibe, wie dein Tag war.

Fragen Sie mich nach meiner und geben Sie mir Ihre Meinung.

Teilen Sie mit, was wir tun oder planen.

Sogar das Alltägliche.

Verführe mich spät in der Nacht, während ich nackt im Dunkeln im Bett liege und du meilenweit entfernt bist.

Sei hart zu mir, wenn ich verwöhnt werde und schmolle, um das Telefon zum Schlafen aufzulegen oder dich für die Arbeit vorzubereiten.

Ich möchte, dass Ihr Interieur schriftlich geöffnet wird.

Ich genieße jede neue Nachricht und jedes neue Foto.

Ich überprüfe vergangene Gespräche.

Ich erinnere mich, dass Sie immer noch an mich denken, wenn wir physisch nicht zusammen sind.

Das kann mit einer Berührung Ihrer Finger da sein.

Deine Worte sind stark, obwohl es keinen Ton gibt; Sie berühren mich im Hintergrund, als hättest du sie mir direkt ins Ohr gesagt.

Ich möchte meine Romane mit Ihnen besprechen.

Schlagen Sie mir Ideen vor, während wir die Handlungs- und Charakternamen erarbeiten.

Problembereiche beseitigen.

Schwindel mit den Kommentaren und Meinungen der Fans.

Besänftige meine Wut und Verwirrung, wenn gesichtslose und herzlose Leser meine Geschichten ohne guten Grund kritisieren.

Und ich schreibe weiterhin einen Tag mit Ihrer Ermutigung.

Ich möchte von dir gezähmt werden.

Kochen und Hausarbeit machen.

Besorgungen machen.

Tanzen gehen, einen Film sehen und Ausflüge machen.

Kuscheln Sie sich einfach und machen Sie an einem regnerischen Wochenende ein Nickerchen auf der Couch.

Rufen Sie mich an, um den ganzen Tag unter Deckenstapeln im Bett zu schlafen.

Schlafen Sie nachts in den Armen des anderen ein und wachen Sie dann morgens nebeneinander auf.

Zusammen duschen.

Haben Sie Make-up Sex, wenn wir kämpfen.

Ich möchte von dir geküsst werden.

Wiederholt.

Zärtlich und grob.

Sie wissen, wie man sich über mich lustig macht.

Befriedige mich.

Weck mich mit deinen Lippen, Zähnen und Zunge auf.

Um mich zum Weinen und Stöhnen zu bringen.

Flehen.

Mein Körper zittert.

Ich möchte versaute Dinge mit dir machen.

Nehmen Sie an Mahlzeiten und Veranstaltungen teil.

Finde Freunde in deinem Lebensstil.

Nimm an Sexspielen auf Partys teil.

Entdecken Sie weitere geheime Wünsche.

Löse unsere Hemmungen.

Entdecken Sie unsere dunkleren Seiten.

Nehmen Sie sich gegenseitig an die Spitze der Höhen und trösten Sie sich dann gegenseitig, wenn wir auf die tiefsten Tiefen fallen.

Ich möchte von dir dominiert werden.

Er knurrte, weil ich dein bin.

Du lässt meinen Puls rasen und meine Atmung aufhören, wenn ich deine Befehle höre.

Lautlos oder abrupt lassen mich beide Situationen rot werden.

Ich möchte wirklich, dass du mich mit deinem Schwanz zwischen meinen Beinen an die Wand drückst und gegen meine Muschi drückst.

Dass du mir befiehlst, dich zu ficken ... nur zu kommen, wenn du es sagst.

Ich habe keine andere Wahl, als nachzugeben, wenn Sie meine Ohren, meinen Hals und meine Brüste mit Ihrem Mund quälen.

Oder wenn ich deine Hände auf meinem Körper spüre, während du deine beanspruchst.

Meine Brust schwillt vor Stolz an, wenn Sie sagen, dass ich ein "gutes Mädchen" bin, um zu tun, was Sie wollen.

Ich möchte von dir gefesselt werden.

Physisch.

Geistig.

Mit Ihren Händen, Handschellen oder Seilen.

Meine Handgelenke hielten sich in deinem Griff über meinem Kopf oder waren am Kopf des Bettes befestigt.

Eingeschränkte Beine, zusammen oder auseinander.

Meine Bewegungen und Reflexe werden kontrolliert.

Jede Chance, dich zu berühren, ist ausgeschlossen.

Eine Augenbinde über meinen Augen, damit ich nicht sehen kann, was du mir antun wirst.

Ich will von dir gefickt werden.

Nackt und überwältigt unter deinem Körper, während du mich wegfegst.

Steh frei von Fesseln ohne eine Berührung von einem von euch und benutze nur deine Worte, um mich zu winden und zu stöhnen, während du mich auf entzückende Weise verarschst.

Oder die einfachen, leichten Berührungen, die Sie entdeckt haben, bringen mehrere Orgasmen hervor, egal wo Sie meinen Körper streicheln.

Ich möchte, dass du mich benutzt.

Nach Belieben von einem Ort zum anderen gezogen werden.

Überwältigt, wenn ich kämpfe.

Mein nackter Arsch schlug, während er mich hielt.

Meine Spielsachen haben mich benutzt ... von dir.

Deine Hand packte meine Haare in meinem Nacken.

Drücke leicht auf meinen Hals, während du mir in die Augen schaust.

Um mich daran zu erinnern, wer verantwortlich ist.

Ich möchte deine Regeln befolgen.

Wenn Sie außerhalb meiner Reichweite sind, geben sie mir etwas, auf das ich mich konzentrieren kann.

Sie werden mit meinem besten Interesse definiert.

Ich weiß, dass Sie entsprechend diszipliniert werden, wenn ich sie breche.

Dass du mir vertraust, ehrlich zu dir zu sein, wenn ich dir nicht gehorcht habe.

Ich möchte, dass du mich tröstest.

An dich gekuschelt, wenn ich überwältigt bin oder einen schlechten Tag habe.

Mein Haar streichelte und küsste mich mit meinem Kopf unter deinem Kinn gegen deine Brust.

Beruhigt durch deine Worte und deine Arme um mich.

Schaukeln, bis die Tränen aufhören.

Ich möchte mich um dich kümmern.

Um dich zu umarmen, wenn du traurig, müde oder krank bist.

Ich werde deine Stärke sein, jemand, auf den du dich stützen kannst, denn selbst ein Dom kann schwache Momente haben.

Als Ihr Sub bin ich für Sie da, in jeder Situation, in der Sie mich brauchen.

Um Ihnen zu gefallen oder Ihre Schmerzen zu lindern.

Ich will all diese Dinge und mehr.

Weil ich so unterwürfig bin.

Als deine Dominante ...

ENDE